www.ingramcontent.com/pod-product-compliance
Lightning Source LLC
LaVergne TN
LVHW050821051026
849532LV00008B/3052
* 9 7 8 9 3 6 9 0 8 2 3 4 6 *

# مسکراہٹوں کے چراغ

(مزاحیہ مضامین)

چراغ حسن حسرت

**MuskurahatoN ke Chiraagh** (Humorous Essays)
by: Chiragh Hasan Hasrat
Edition: January '2026
Publisher :
*Taemeer Publications LLC* (Michigan, USA / Hyderabad, India)

ISBN 978-93-6908-234-6



| | | |
|---|---|---|
| کتاب | : | **مسکراہٹوں کے چراغ** |
| مصنف | : | **چراغ حسن حسرت** |
| صنف | : | طنز و مزاح |
| ناشر | : | تعمیر پبلی کیشنز (حیدرآباد، انڈیا) |
| سالِ اشاعت | : | ۲۰۲۶ء |
| صفحات | : | ۵۶ |
| سرورق ڈیزائن | : | تعمیر ویب ڈیزائن |

# فہرست

# پیش لفظ

چراغ حسن حسرت اردو کے ممتاز طنز و مزاح نگار، شاعر، ادیب اور صحافی تھے جنہوں نے بیسویں صدی کی اردو صحافت اور ادب پر گہرے اور دیرپا اثرات مرتب کیے۔ ۱۹۰۴ء میں ضلع پونچھ (کشمیر) میں پیدا ہوئے۔ تعلیم کے بعد صحافت کا آغاز کلکتہ سے کیا جہاں اخبار نئی دنیا میں ان کے مزاحیہ کالموں نے انہیں شہرت بخشی۔ بعد ازاں لاہور آکر آفتاب، زمیندار، شہباز، احسان امروز، نوائے وقت اور دیگر اہم اخبارات سے وابستہ رہے۔ وہ اپنے مشہور فکاہیہ کالم "سند باد جہازی" اور قلمی نام "کولمبس" کے ذریعے اردو طنز نگاری میں ایک منفرد مقام حاصل کرنے میں کامیاب ہوئے۔

چراغ حسن حسرت کی ادبی شخصیت کا ایک نمایاں پہلو یہ ہے کہ انہوں نے صحافت کو محض خبر رسانی تک محدود نہیں رکھا بلکہ اسے ادب کے اعلیٰ معیار تک پہنچایا۔ ان کی نثر میں اسلوب، جمالیات اور فکری گہرائی نمایاں ہے، جس نے صحافت کو ادبی وقار عطا کیا۔ ان کا نثری سرمایہ شعری سرمایے سے کہیں زیادہ وسیع

ہے، اگرچہ اخباری تحریروں کا ایک بڑا حصہ ضائع بھی ہو گیا۔ ان کی مطبوعہ نثری تصانیف کی تعداد بیس کے قریب ہے جبکہ "مطائبات" اور "حرف و حکایت" جیسے مجموعے ان کی فکاہیہ نثر کے نمایاں نمونے ہیں۔

حسرت نہ صرف طنز و مزاح میں یکتا تھے بلکہ سنجیدہ نثر، سوانح، تاریخ، خاکہ نگاری، تنقید اور تراجم میں بھی ان کی گرفت مضبوط تھی۔ وہ سر سید تحریک کے اصلاحی رجحانات اور مولانا محمد حسین آزاد کے اسلوب سے متاثر تھے۔ فیض احمد فیض اور سید ضمیر جعفری جیسے ادیبوں نے ان کی اس خوبی کو سراہا کہ انہوں نے صحافت کو ادب کی سطح پر برتا۔ ۲۶ جون ۱۹۵۵ء کو لاہور میں ان کا انتقال ہوا، مگر ان کا ادبی و صحافتی ورثہ آج بھی اردو ادب کا قیمتی سرمایہ سمجھا جاتا ہے۔

اس مجموعہ "مسکراہٹوں کے چراغ" میں پہلا مضمون مشاعرے کی تیاریوں پر ہے، جہاں حسرت طنز و مزاح سے بتاتے ہیں کہ بڑا مشاعرہ کیسے ہوتا ہے— شاعروں کو خط لکھنے سے لے کر داد کے لیے لڑکوں کو تیار کرنے تک، نظموں کو غزل سمجھنے والے سامعین، لٹھ والے شاگردوں اور ٹکٹوں سے نفع کمانے والے منتظمین تک، سب کچھ ایک فکاہیہ منظر کشی ہے۔ دوسرے مضمون "مانگے تانگے کی چیزیں" میں وہ بیری پین کے فلسفے پر طنز کرتے ہوئے بتاتے ہیں کہ مانگنا کوئی گناہ نہیں، بلکہ احسان اٹھانا اور دوسروں کو خوش کرنا ایک عبادت ہے—سالی سے کھرپا مانگنے سے لے کر اجنبیوں سے دیا سلائی لے کر دوستی قائم کرنے تک، ہر مثال ہنسی کا طوفان لاتی ہے۔ تیسرا مضمون صحافتی زندگی، ادبی جھگڑوں، موسیقی کنفرنسوں اور شاعری

کی بحثوں پر ہے، جہاں حسرت اپنے تجربات کو ہلکے پھلکے انداز میں بیان کرتے ہیں، اور قاری کو اپنی زندگی کے "ہنگاموں" پر مسکرا دیتے ہیں۔

چوتھے مضمون میں وہ شادی بیاہ کی تقریبوں میں مجرے کی جگہ مشاعرہ کرنے والوں پر طنز کرتے ہیں، اور پانچویں میں شاعری کی روایات، غزل بمقابلہ نظم، طرحی مشاعرے کی اہمیت اور داد کی اہمیت پر مزاحیہ تبصرہ کرتے ہیں۔ چھٹے میں وہ مشاعرے کی تیاریوں، شعروں کے انتخاب، نشست کے انداز اور اعلانات پر فکاہیہ رہنمائی کرتے ہیں، جبکہ ساتویں میں شاعری کی دنیا کے تضادات، شاگردوں کے لٹھوں اور داد کے فقرے رٹوانے پر ہنستے ہیں۔ آٹھویں مضمون میں صحافت اور ادب کے مابین فرق، جمالیات کی اہمیت اور مولانا ابوالکلام کے اثرات پر روشنی ڈالتے ہیں، اور آخری مضمون میں انسانی فطرت، مانگنے کی نفسیات اور زندگی کو ہلکے پھلکے انداز میں گزارنے کی ترکیب بتاتے ہیں۔

یوں یہ نو مضامین "مسکراہٹوں کے چراغ" مل کر حسرت کے مزاحیہ فن کی ایک مکمل تصویر پیش کرتے ہیں، جہاں ہنسی کے چراغ نہ صرف اندھیرے دور کرتے ہیں بلکہ انسانی کمزوریوں کو بھی روشن کر دیتے ہیں۔

۱

# آؤ مشاعرہ کریں

زندگی میں بڑے بڑے ہنگامے دیکھے ہیں۔ اخبار اور رسالے نکالے ہیں اور ادبی بحثوں میں حصہ لیا ہے۔ تقریریں کیں، کتابیں لکھیں، موسیقی کی کانفرنسوں میں شریک ہوئے۔ بڑے بڑے گویوں کو سنا۔ اب جی چاہتا ہے کہ خدا توفیق دے تو جیتے جی ایک مشاعرہ کرا ڈالیں۔ لیکن صاحب بندہ ان مشاعروں کا قائل نہیں کہ ادھر ادھر سے شاعر جمع کیے اور دو ڈھائی گھنٹے ہاؤ ہو کر لی یعنی کاتا اور لے دوڑے۔ اس قسم کے چھوٹے چھوٹے مشاعرے روز ہوتے رہتے ہیں۔ یقین نہ آئے تو دن ڈھلے شہر میں نکل جایئے۔ کہیں نہ کہیں مشاعرہ ضرور ہو رہا ہو گا۔ مشاعرہ ہو تو اس دھوم کا ہو کہ مدتوں سند رہے اور عند الضرورت کام آئے۔ یعنی لوگ اس کا ذکر اس طرح کریں کہ جس طرح کوئٹے اور بہار کے زلزلوں کا ذکر کرتے ہیں، کسی واقعہ کی تاریخ بتانا ہو تو اس کا حساب اس مشاعرے کی تاریخ سے لگایا جائے۔ مثلاً آپ صاحب زادے کی عمر پوچھیں تو جواب ملے کہ بڑے مشاعرے سے ٹھیک دو مہینے بعد پیدا ہوا تھا۔ اس قسم کا مشاعرہ ہو تو ایک بات بھی ہے اور مشاعرہ کرنا کیا ضرور

ہے۔

آج کل کے مشاعروں میں ایک قباحت ہے کہ ان میں شاعروں کو اپنے جی کے حوصلے نکالنے کا موقع نہیں ملتا۔ ایک تو طرح سرے سے مفقود اور دوسرے یہ شاعر کی مرضی پر موقوف ہے کہ چاہے غزل پڑھے چاہے نظم اور یہ بھی ضروری نہیں کہ غزل یا نظم نئی ہو۔ بعض شاعروں کا تو یہ حال ہے کہ ایک ہی نظم ساری کائنات ہے۔ ہر مشاعرے میں بڑی بے تکلفی سے وہی سنا دیتے ہیں اور انصاف کی بات تو یہ ہے کہ نظم مشاعرے کے ڈھب کی چیز ہی نہیں۔ کیونکہ نظم کی اچھائی برائی کا اندازہ اس وقت تک نہیں کیا جاسکتا جب تک پوری سن نہ لی جائے۔ ہر شعر پر داد کا ہنگامہ برپا نہ ہو تو شاعر کو تسکین ہوتی ہے نہ سننے والوں کو لطف آتا ہے۔ یہ ٹھیک ہے کہ لوگ مشاعروں میں نظم کے مصرعوں اور شعروں پر داد دیتے ہیں لیکن یا تو صرف اس لیے کہ اکثر نظموں میں غزل کے انداز کے مصرعے اور شعر نکل آتے ہیں، جن کی وجہ سے محفل گرم ہو جاتی ہے۔ ورنہ میں یہ ماننے سے تو رہا کہ پوری نظم کو سن کے اس کا مطلب اچھی طرح سمجھ لیتے ہیں۔

غزل کو آپ جو چاہے کر لیجئے لیکن آپ کو اتنا ضرور ماننا پڑے گا کہ مشاعروں کی رونق اور ہماہمی غزل کے دم قدم سے ہے۔ صرف نظموں کی وجہ سے مشاعرے چمک سکتے تو مشاعرہ اردو سے مخصوص ہو کے نہ رہ جاتا۔ انگریز فرانسیسی جرمن اور روسی بھی مشاعرے کرتے۔ جاپان اور چین میں بھی شعر خوانی کی محفلیں منعقد

ہوتیں۔ اس لیے میری سنیے تو مشاعرے کو نظم سے پاک رکھیے۔ ہاں ایک دو نظمیں ہو جائیں تو کوئی مضائقہ بھی نہیں۔ لیکن یہ نظمیں بھی مضمون کے لحاظ سے غزل کے قریب قریب ہوں ورنہ لوگ سنتے سنتے اکتا جائیں گے۔ مشاعرے میں اس قسم کی نظمیں کامیاب ہوتی ہیں جن میں ایک ہی خیال کو ہر پھر کے نئے طریقوں سے ادا کیا جائے۔

آپ نے بعض نظمیں دیکھی ہوں گی جن پر غور کیا جائے تو معلوم ہوتا ہے کہ جو بات غزل کے ایک شعر میں کہی جاسکتی ہے وہی بات شاعر نے پوری نظم میں کہہ ڈالی ہے۔ نظم میں کئی بند ہیں لیکن ساری نظم کی جان ٹیپ ہے جو غزل مطلع معلوم ہوتی ہے۔ اس قسم کی نظموں میں ایک خوبی یہ ہے کہ چاہے پوری نظم پڑھیے یا پہلا اور آخری بند پڑھ ڈالیے۔ چاہے صرف ٹیپ پر ہی اکتفا کیجئے، مضمون میں کوئی فرق نہیں پڑتا۔ اگر آپ نے اس قسم کی کوئی بھی نظم لکھی ہے تو مشاعرے میں ضرور پڑھیے، میں یقین دلاتا ہوں کہ آپ کو ضرور داد ملے گی۔

ایک اہم سوال یہ ہے کہ مشاعرہ طرحی ہو یا غیر طرحی۔ میرے خیال میں تو مشاعرے کا طرحی ہونا ضروری ہے۔ ہاں اگر چند غیر طرحی غزلیں بھی ہو جائیں تو مجھے کوئی اعتراض نہیں۔ اس طرح مشاعرہ میں تنوع پیدا ہو جائے گا لیکن طرحی کے بغیر کوئی چارہ نہیں، کیونکہ شاعری کا کمال طرحی مشاعروں میں ہی اجاگر ہوتا ہے۔ میر و سودا، انشا و مصحفی، آتش و ناسخ وغیرہ کی شاعری کو آخر انہیں طرحی

مشاعروں نے چمکایا ہے اور میں نے ایسے ایسے مشاعرے بھی دیکھے ہیں جن میں شاعر اپنے ساتھ لٹھ بند شاگردوں کے لشکر لے آئے تھے۔ جب اس بحث کا فیصلہ نہ ہو سکا کہ فلاں قافیہ کس شاعر نے سب سے اچھا باندھا ہے تو ان لوگوں نے لٹھ سنبھالے اور دم بھر میں مشاعرہ میدان جنگ بن گیا۔ لیکن گھبرایئے نہیں، اب نہ ایسے استاد ہیں نہ شاگرد۔ اس لئے اس بات کا کوئی اندیشہ نہیں کہ مشاعرے میں لٹھ چل جائے گا۔

اب اس طرف سے مطمئن ہو کے لگے ہاتھوں مصرع منتخب کر لیجئے۔ لیکن طرح کے انتخاب میں اس بات کا ذکر رہے کہ ردیف لمبی ہو تا کہ مصرع اٹھانے میں آسانی ہو پھر لمبی ردیف میں یہ خوبی بھی تو ہے کہ قافیہ بولتا ہوا معلوم ہوتا ہے۔ آپ نے دوسرے مصرع کا پہلا لفظ ہی پڑھا کہ سننے والوں کو قافیہ سوجھ گیا۔ اور اس کے ساتھ ہی سبحان اللہ کا غل اس طرح مچا کہ عرش و فرش وجد میں آگئے۔ مصرع طرح تلاش کرنے کا ایک طریقہ تو یہ ہے کہ دیوان اٹھایا اور کوئی شگفتہ سی زمین دیکھ کر مصرع طرح تجویز کر دیا۔ لیکن یہ طریقہ بہت پرانا ہے۔ ہو سکے تو کوئی نئی زمین طرح کرنے کی کوشش کیجئے یا اگر کسی شاعر کے دیوان ہی سے مصرع طرح تلاش کرنا ہے کسی غیر معروف شاعر کے کلام پر توجہ فرمایئے۔ بہر حال مصرع طرح تجویز ہوتا رہے گا۔ میں بھی غور کرتا ہوں آپ بھی غور کیجئے۔

پہلے یہ فیصلہ کیجئے کہ مشاعرے میں نشست کا انداز کیا ہو۔ میرے نزدیک تو

بہتر یہ ہے کہ چاندنی کا فرش ہو لیکن اگر آپ کو یہ پسند نہیں ایک طریقہ یہ بھی ہے کہ ڈائس ہو۔ شعرائے کرام تشریف فرما ہوں، سامعین گرداگرد کرسیوں پر۔ یہ گنگا جمنی طریقہ ہے جس میں قدیم وجدید دونوں انداز موجود ہیں۔ آپ کو شاید ناپسند ہو لیکن مجھے تو پسند ہے۔ مدت ہوئی ایک صاحب نے نیم ادبی مجلس کی بنیاد ڈالی تھی، جس کے جلسے اس شان سے ہوتے تھے کہ حاضرین کرسیوں پر بیٹھے ہیں اور صدر جلسہ فرش پر تشریف فرما ہیں۔ یہ طریقہ بھی اس سے کچھ ملتا جلتا ہے۔ یہ ضروری نہیں کہ نشست کا یہی انداز اختیار کیا جائے۔ آپ کی سمجھ میں کوئی طریقہ آئے تو فرما دیجئے، لیکن ذرا یہ خیال رہے کہ جب تک مشاعرے میں حقہ کے دور کے ساتھ ساتھ شمع گردش نہ کرے، نہ شعر پڑھنے کا لطف آتا ہے نہ سننے کا۔ اس فکر میں نہ پڑیے کہ مشاعرہ کہاں ہو۔ شہر میں کئی ہال ہیں، ان میں سے کوئی نہ کوئی ایک دن کے لیے کرائے پر مل جائے گا۔

اب رہا اعلان کا معاملہ تو اس طرف سے بھی مطمئن رہیے۔ اخباروں میں اعلان چھپوا دیا جائے اور اس پر ایک کوڑی بھی خرچ نہ ہو گی۔ لیکن صرف اخباروں میں اعلان کرنے سے کام نہیں چلے گا۔ کچھ اشتہار بھی چھپوانے ہوں گے اور ان پر تھوڑے سے روپے بھی خرچ کرنے پڑیں گے۔ لیکن یہ اطمینان رکھیے کہ مشاعرے پر جو خرچ ہو گا اس سے چوگنی رقم ٹکٹوں کے ذریعے ہاتھ آجائے گی۔ آپ نہ جانے مشاعرے کو کیا سمجھتے ہیں۔ اجی صاحب اچھا خاص نفع بخش کاروبار

ہے۔ اور میں تو ایسے لوگوں کو بھی جانتا ہوں، جنہوں نے عمر بھر مشاعرے کرانے اور بٹیر لڑانے کے سوا کوئی کام نہیں کیا اور بڑے اطمینان سے زندگی بسر کر رہے ہیں۔ یہ ٹھیک ہے کہ ہم اور آپ کاروباری آدمی نہیں۔ اور اس طرح روپیہ کمانا نہیں چاہتے اور یہ کون کہتا ہے کہ جو روپیہ یوں ہاتھ آئے اسے ہضم کر جایئے۔ لاگت کے دام وضع کر کے کسی کار خیر میں صرف کر ڈالیے۔ بیواؤں کو دے دیجئے، یتیموں کی دست گیری کیجئے، بیچارے غریب پیٹ بھر کھائیں گے اور اردو ادب کو دعادیں گے۔

اب صرف ایک بات رہ گئی ہے کہ اس مشاعرے میں ملک بھر کے نامور شاعروں کو کیسے جمع کیا جائے۔ تو یہ بھی بہت آسان ہے۔ آج ہی شعرا سے خط و کتابت شروع کر دیجئے۔ لیکن خط کا لہجہ نیاز مندانہ ہو۔ شاعر کی تعریف جی بھر کے کیجئے، کسی کے نام کے ساتھ تاج الشعرا لکھیے، کسی کو خدائے سخن، کسی کو ملک الکلام، کسی کو لسان الملک، کسی کو مصور جذبات کر کے مخاطب کیجئے۔ جو مشاعرے میں شریک ہونے سے انکار کر دے اسے پھر خط لکھیے اور اس میں لکھ دیجئے کہ سفر خرچ اور قیام و طعام کا انتظام مشاعرے کے منتظمین کے ذمے ہو گا۔

ایک اور طریقہ بتاؤں۔ شہر کے کسی بڑے آدمی کو صدارت کے نام پر پھانسیے، بعض شعرا کے قیام کا انتظام اس کے ہاں ہو جائے گا۔ جو باقی بچیں گے انہیں بعض دوستوں کے یہاں ٹھہرا دیا جائے گا۔ یہ قضیہ تو یوں طے ہوا۔ اب رہا یہ امر کہ

شاعروں کو کیا دیا جائے تو اس کا حل بھی بہت آسان ہے۔ شعرا کو صرف داد دیجئے جو داد پر مطمئن نہ ہوں انہیں سفر خرچ پر ٹرخایئے، آپ ہیں کس خیال میں۔ تفریح کے جتنے سامان ہیں ان میں مشاعرہ سب سے کم خرچ اور بالا نشیں سمجھا جاتا ہے۔ یہی وجہ ہے کہ اب بعض لوگ بیاہ شادی کی تقریبوں پر بھی ایک مشاعرہ کر ڈالنا کافی سمجھتے ہیں۔ میرے ایک دوست کے خاندان میں رسم چلی آئی ہے کہ شادی بیاہ کی تقریبوں پر مجرا ضرور ہوتا ہے۔ اب کے انہوں نے اپنے بھائی کی شادی پر طوائف کے مجرے کے بجائے ایک چھوٹا سا مشاعرہ کر ڈالا۔ اس طرح ایک تو انہیں سینکڑوں روپوں کی بچت ہوگئی دوسرے انہوں نے اس ترکیب سے اپنا نام اردو ادب کے محسنوں کی فہرست میں درج کروا دیا۔ اسے کہتے ہیں ہرّانہ لگے نہ پھٹکری اور رنگ چوکھا آئے۔

ملاحظہ فرمایا آپ نے مشاعرے کا سیدھا سادا اور آسان نسخہ ہے۔ آپ اس ترکیب پر عمل کر کے دیکھئے۔ اس ٹھاٹھ کا مشاعرہ ہو گا کہ جسے لوگ مدتوں یاد کرتے رہیں گے۔ اور ایک مشاعرہ کیا ہے اس ترکیب سے جتنے مشاعرے چاہے کیجئے۔ کیا مجال کہ ان میں ذرہ بھر کوئی کسر باقی رہ جائے۔ یہ بڑے بڑے استادوں کا آزمودہ نسخہ ہے۔ جو ہمیشہ تیر بہدف ثابت ہوا ہے۔ ہاں یہ ضروری ہے کہ سامعین میں کچھ ایسے ہوں کہ جو داد دینے کا سلیقہ رکھتے ہوں۔ اگر اس قسم کے لوگ میسر نہ ہو سکیں تو چند لڑکوں کو جمع کر کے انہیں داد کے بندھے ہوئے فقرے رٹوا دیجئے۔ خدا نے

چاہاتو مشاعرہ کامیاب ہو گیا۔ خیر یہ کام بھی مجھ پر چھوڑ دیجئے۔ آپ خدا کا نام لے کر مشاعرے کی تیاری شروع کیجئے۔ یعنی آج ہی شعرا کی فہرست مرتب کر کے انہیں خط لکھ دیجئے لیکن یہ تو طے نہیں ہوا کہ مشاعرہ کس تاریخ کو ہو خیر خط لکھنے شروع کیجئے اور تاریخ کی جگہ خالی چھوڑ دیجئے۔

***

۲

# مانگے تانگے کی چیزیں

پچھلے دنوں ایک پرانے رسالے کی ورق گردانی کر رہا تھا کہ مانگے تانگے کی چیزوں کے متعلق ایک مضمون نظر آیا۔ اصل مضمون تو بیری پین کا ہے اردو میں کسی صاحب نے اس کا چربا اتارا ہے۔ ماحصل یہ کہ مانگے تانگے کی چیزیں برتنا گناہ ہے۔ جیب میں زور ہے تو جس چیز کی ضرورت پڑے بازار سے خرید لایئے، نہیں تو دل پر جبر کیجئے، لیکن اس میں نہ بیری پین کا کوئی کمال ہے نہ اس مضمون کو اردو جامہ پہنانے والے نے کوئی تیر مارا ہے۔ بڑا پیش پا افتادہ اور پامال سا مضمون ہے۔ جس پر شیخ سعدی کے استاد بوٹے خاں تک سبھی طبع آزمائی کر چکے ہیں۔ لیکن آپ جانتے ہیں کہ کتنی ہی سچائیاں ہیں جو منڈی میں جھوٹ کے بھاؤ بک رہی ہیں اور کتنے جھوٹ ہیں جنہوں نے سچ کا مرتبہ حاصل کر لیا ہے۔ بس اس کو بھی انہیں میں سے سمجھئے۔

ہمارے بیری پین صاحب تو ولایت میں بیٹھ کر فلسفہ بگھارتے رہ گئے۔ ذرا ہندوستان آتے تو انہیں قدر عافیت معلوم ہو جاتی۔ یورپ کی بات کو جانے دیجئے۔

ایشیا میں تو زندگی جیسی قیمتی شے کو بھی مانگے تانگے کی چیز سمجھا جاتا ہے۔ چنانچہ ایران اور ہندوستان کے شاعر ہمیشہ زندگی مستعار ہی کہتے چلے آئے ہیں۔ اور کہتے چلے آئیں ہیں کہ معنی کہتے چلے جائیں گے۔

میں نے عہد جدید کے ترقی پسند شاعروں کا کلام بہت کم پڑھا ہے اور جتنا پڑھا ہے اسے بھول بھی گیا ہوں۔ ممکن ہے کہ ان میں سے بعض ایسے نکل آئیں کہ جن کے نزدیک زندگی کو مستعار کہنا یا سمجھنا فرسودہ خیالی ہو، لیکن پرانے انداز کے سخنور خاص طور پر غزل گو شاعر ہمیشہ زندگی کو مستعار ہی کہیں گے کیونکہ بہار، دیار، شمار قافیہ ہو تو حیات مستعار کی گرما گرم ترکیب مصرع میں یوں بیٹھتی ہے جس طرح انگشتری میں نگینہ۔ہاں اگر سرے سے قافیہ ہی غتربود ہو جائے تو اور بات ہے۔۔۔ لیکن اس بحث کو چھوڑیے اور ذرا اس بات پر غور فرمایئے کہ جب زندگی ہی مستعار ہے تو اس ٹیں کے کیا معنی ہیں کہ نہیں صاحب ہم تو مانگے کی کوئی چیز نہیں برتتے۔

غرض زندگی مستعار ہے۔ اس مستعار زندگی کو ہنسی خوشی گزارنے کا سب سے کم خرچ بالا نشین طریقہ یہ ہے کہ جہاں تک بن پڑے مانگے تانگے کی چیزیں برتنے کی عادت ڈالیے۔ ممکن ہے کہ آپ کو اجنبیوں سے راہ و رسم پیدا کرنے کی بہت سی ترکیبیں آتی ہوں لیکن مجھے تو بس ایک ہی نسخہ یاد ہے جو ہمیشہ تیر بہدف ثابت ہوا ہے یعنی جب کسی سے شناسائی پیدا کرنا مقصود ہوتا ہے تو ہمت کر کے اس سے کوئی چھوٹی موٹی چیز مانگ لیتا ہوں۔ مثلاً اکثر اوقات ایسا ہوا ہے کہ سگریٹ نکالا

لیکن جیب میں دیا سلائی نہیں۔ یہ واقعہ راستہ چلتے پیش آیا تو کسی راہ گیر سے دیا سلائی مانگ کر سگریٹ سلگایا اور دیا سلائی کے ساتھ سگریٹ کیس بھی ان کی طرف بڑھایا۔ انہوں نے کسی قدر پس و پیش کے بعد سگریٹ سلگا کے کش لگایا اور اجنبیت کا حجاب دھوئیں کے ساتھ ساتھ ہوا میں تحلیل ہو کے رہ گیا۔

یہ نسخہ صدری اسرار میں سے نہیں کہ فقیر کے سوا کسی کو معلوم نہ ہو۔ اکثر لوگوں نے اسے بارہا آزمایا ہے اور ہمیشہ بہت موثر پایا ہے اور میں نے بعض لوگوں کو تو دیکھا ہے کہ جیب میں دیا سلائی موجود ہے جب بھی کسی اجنبی سے مانگیں گے۔ پھر بھی دیکھا گیا ہے کہ دیا سلائی کے اس داد و ستد سے محبت اور دوستی کا جو تعلق قائم ہوا، برسوں کی گرما گرمی میں فرق آنے نہیں پایا۔ چنانچہ بہت سی دوستیاں جو آگے چل کر شعر و شاعری کا موضوع بنیں اسی قسم کے کسی واقعہ سے شروع ہوئی ہیں اور کہیں کہیں تو ہم نے یوں ہی بیاہ ہوتے اور گھر بستے بھی دیکھے ہیں۔

آخر زندگی کا مقصد اس کے سوا اور ہے بھی کیا کہ خوش ہونے اور دوسروں کو خوش رکھنے کی کوشش کی جائے اور اگر مانگے کی چیز برتنا زندگی کو ہنسی خوشی گزارنے اور اللہ کی مخلوق کو خوش رکھنے میں معاون ثابت ہو سکتا ہے تو اسے برا کون کہتا ہے۔ وہ تو ایک طرح کی عبادت ہے عبادت۔ اب لگے ہاتھوں یہ بھی بتادوں کی مانگے تانگے کی چیزوں سے اللہ کی مخلوق کو خوش کرنے کا کام کیسے لیا جائے یا لیا جا سکتا ہے۔ اگر آپ کے پڑوس میں کوئی کوٹھی ہے اور کوٹی میں کوئی مالی ہے تو اس سے گھاس

چھیننے کا کھرپا مانگ لائیے۔ اس بات پر چونک نہ پڑیے۔ حاشا و کلا میرا مقصد یہ ہرگز نہیں کہ میں آپ کو گھسیارہ یا مالی سمجھتا ہوں یا میرے نزدیک کھرپا آپ کے مصرف کی کوئی چیز ہے۔ میں تو صرف اتنا عرض کرنا چاہتا ہوں کہ جب آپ مالی سے کھرپا مانگیں تو اسے اس خیال سے کتنی طمانیت حاصل ہوگی کہ اس کا کھرپا بھی بڑے کام کی چیز ہے یعنی وہ اپنے پڑوسی سے عاریتاً کھرپا دے کے اس کی گردن اپنے بار احسان سے جھکا سکتا ہے۔

آپ کو مالی کھرپا دینے سے ہرگز انکار نہیں کرے گا۔ اور انکار کرنے کی وجہ بھی کیا ہو سکتی ہے۔ وہ تو الٹا آپ کا احسان مند ہوگا کہ احسان اٹھانا گوارا کر لینا بیچارے مالی کے لئے کتنا عظیم الشان واقعہ ہے۔ اس کا اندازہ آپ نہیں کر سکتے۔ وہ مہینوں لوگوں سے اس واقعہ کا ذکر کرتا رہے گا۔ برسوں اس کے گن گائے گا۔ جس سے کہے گا کہ یہ صاحب جو پڑوس میں آ کے ٹکے ہیں بہت شریف آدمی ہیں، ابھی کچھ دن ہوئے کہ مجھ سے کھرپا مانگ کر لے گئے تھے، جانے کیا ضرورت تھی، چاہتے تو نوکر کو بھیج دیتے، لیکن وہ خود آئے اور کھرپا مانگ کر لیے گئے اور یہ نہیں بلکہ چلتے وقت اس طرح میرا شکریہ ادا کیا کہ جیسے میں کہیں کا نواب ہوں اور جب بچے رات کو سوتے وقت کہانی کے لیے ضد کریں گے تو مالی اپنے پڑوسی بابو صاحب اور اپنے کھرپے کا قصہ لے بیٹھے، اور خدا جانے کتنی نسلوں تک یہی واقعہ کس قدر تغیر و تبدل کے ساتھ روتے بچوں کو بہلانے اور منانے کے کام آتا رہے گا۔

یہ جو کچھ میں نے کہا ہے مثال کے طور پر کہا ہے۔ اس کے معنی یہ نہیں کہ صرف مالی سے مانگئے اور کھرپا ہی مانگئے۔ مالی ہی سے نہیں اڑوس پڑوس میں جتنے لوگ ہیں سب سے مانگئے۔ راستہ چلتوں سے مانگئے۔ دوکانداروں پر اعتماد کریں تو ان سے مانگئے۔ درزی سے انگشتانہ قینچی، سوئی یا ہوسکے تو کپڑے سینے کی مشین مانگ لائیے۔ بڑھئی سے بسولا، لوہار سے ہتھوڑا، سقے سے مشک غرض کہ جس گھر پر اداسی چھائی ہوئی نظر آئے وہاں سے کوئی نہ کوئی چیز مانگ لائیے۔ اکثر لوگوں کی زندگی تو اس خیال نے تلخ کر رکھی ہے کہ ان کی زندگی بے مصرف ہے۔ نہ مال ہے نہ دولت، نہ اثاثہ نہ جائیداد، نہ وہ کسی پر احسان کرنے کے قابل ہیں نہ کوئی احسان اٹھانے کو تیار ہیں۔ ایسے لوگوں سے کوئی چیز مانگنا ان پر احسان کرنا ہے کیونکہ اس طرح ان کا بھی کوئی مصرف ہے۔ وہ بھی دوسرے انسانوں پر احسان کرسکتے ہیں۔ غرض مانگے کی چیزیں برتنے کی عادت ڈالیے تو آپ بھی خوش دوسرے بھی خوش۔ دوسروں کو یہ احساس کہ وہ احسان کرنے کے قابل ہیں اور آپ کو یہ احساس کہ آپ لوگوں کے احسان اٹھاکے ان کی زندگی کو خوشگوار بناسکتے ہیں۔

اب فرمائیے دنیا میں اس سے بڑھ کر نیکی اور کیا ہوگی کہ میں نے ایسے لوگ بھی دیکھے ہیں جو مانگے کی چیز برتنے میں اپنی سبکی سمجھتے ہیں۔ کیسی ہی ضرورت کیوں نہ آپڑے کسی سے مانگیں گے نہیں۔ اس عادت نے ان کی طبیعت میں اکل کھرا پن پیدا کر دیا ہے۔ مزاج میں شگفتگی نام کو نہیں۔ بات کرتے ہیں تو ایسا معلوم ہوتا ہے

کہ بس رو ہی دیں گے۔ گھر میں بیوی سے چخ چلتی ہے، باہر ملازمت یا کاروبار کے سلسلے میں جن لوگوں سے واسطہ پڑتا ہے، ان سے ہمیشہ ٹھنی رہتی ہے۔ ایسے لوگ چاہے مالی لحاظ سے کتنے ہی آسودہ کیوں نہ ہوں ان کی زندگی ہمیشہ تلخ رہے گی۔ جس محلے میں رہتا ہوں وہاں بھی اس قسم کے ایک بزرگ موجود ہیں جو نہ تو خود کسی سے کوئی چیز عاریتاً لیتے ہیں اور نہ کسی کو کوئی چیز ادھار دیتے ہیں۔ لیکن صرف اسی ایک عادت کی بدولت جسے وہ اپنی زندگی کا بڑا اہم اصول سمجھتے ہیں ان کی زندگی میں۔۔۔ اور اب تو یہ حال ہے کہ نہ کوئی ان کے ہاں آتا ہے نہ وہ کسی کے ہاں جاتے ہیں۔ ایک دفعہ اندھیری رات میں اپنے گھر کا راستہ بھول گئے تھے اور ساری رات بھٹکتے رہے۔ صبح کو گھر پہنچے تو بیوی اور بچوں پر غصہ نکالا اور کئی دن تک بدمزگی رہی، مجھے تو یقین ہو چلا ہے کہ اگر ان کا یہی حال رہا تو ایک دن پاگل خانہ آباد کریں گے۔

مجھے ایک شخص نے بتایا ہے کہ ان کا بچپن سے یہی حال ہے۔ اسکول میں تھے، جب بھی مانگے تانگے کی کوئی چیز نہیں برتتے تھے۔ اس کے معنی یہ ہیں کہ ان کا اس میں کچھ زیادہ قصور نہیں۔ تربیت ہی ناقص ہوئی ہے ورنہ کون ہے جو اسکول میں مانگے کی چیز برتنے کو معیوب سمجھے۔ ہمارے ملک کے اسکولوں میں جہاں اور بہت سی باتیں سکھائی جاتی ہیں وہاں مانگے کی چیزیں برتنا بھی سکھایا جاتا ہے اور سکھایا کیا جاتا ہے خود آجاتا ہے۔ لڑکے ایک دوسرے سے قلم، دوات، کتاب، پنسل، ربڑ مانگ کر برتتے ہیں اور اس طرح ان کی زندگی ہنسی خوشی گزر جاتی ہے۔ لیکن

اسکولوں میں چیزیں مانگنا محض اختیاری مضمون ہے لازمی مضمون قرار دے کر اسکول کے نصاب میں شامل کر لیا جائے اور یہی نہیں بلکہ ماں باپ کو چاہئے کہ بچے کو تربیت دیتے وقت اس بات کا خاص خیال رکھیں۔

مانگے کی چیزیں برتنے کا ایک بڑا فائدہ یہ ہے کہ اس طرح چیزوں کو احتیاط سے برتنے کا ڈھنگ آجاتا ہے۔ اپنی چیز ٹوٹ پھوٹ جائے تو کوئی بات نہیں لیکن دوسرے کی چیز کو برتتے وقت انسان بڑی احتیاط کرتا ہے اور جو لوگ بچپن ہی سے مانگے کی چیزیں برتنے کی عادت ڈال لیتے ہیں وہ اپنی چیزیں بھی احتیاط سے برتنے لگتے ہیں۔ اگر آپ نے نئی نئی شادی کی ہے اور آپ کی بیوی غیر محتاط ہے تو اسے ایک دن چپکے سے کہہ دیجئے کہ اس گھر میں جتنی چیزیں ہیں سب مانگے تانگے کی ہیں۔ اس لیے انہیں احتیاط سے برتنا۔ اسے یہ سن کے صدمہ تو ضرور ہوگا، لیکن آپ کی چیزیں برتنے میں احتیاط سے کام لیا کرے گی، اور آپ کو آئے دن نئی چیزیں خریدنے کی مصیبت سے نجات مل جائے گی۔

غرض یہ ہے کہ اگر آپ چیزیں برتنے کا ڈھنگ سیکھنا چاہتے ہیں تو مانگے تانگے کی چیزیں استعمال کیجئے اور اگر آپ نے بہت سی ضرورت کی چیزیں خرید لی ہیں اور انہیں برتنے کا سلیقہ نہیں آیا تو جو کوئی مانگنے آئے اسے بے تکلف دے ڈالئے۔ اس طرح آپ کی چیزیں محفوظ رہیں گی۔ اور اس زمانے میں تو یہ اور بھی ضروری ہے کہ نئی چیزیں نہ خریدی جائیں اور پرانی چیزوں ہی سے کام لیا جائے اور اگر کوئی

صاحب اپنی چیزوں کو محفوظ رکھنا چاہتے ہیں اور انہیں کوئی طریقہ نہیں سوجھتا تو میری خدمات حاصل کریں۔

***

۳

# کراچی اور لاہور

ایک زمانے میں دلی اور لاہور حریف سمجھے جاتے تھے۔ ہم لوگوں نے امرتسر کو لاہور کے مقابلے پر کھڑا کر دیا۔ وہانی تو ملتان بہ گیا۔ اب کراچی اور لاہور حریف اور مد مقابل سمجھے جاتے ہیں۔ کراچی سارے پاکستان کا دار الحکومت ہے اور لاہور صرف مغربی پاکستان کے صوبے کا صدر مقام ہے۔ پھر بھی کراچی کے مقابلہ میں کسی شہر کا نام آتا ہے تو وہ لاہور ہی ہے۔

ہم نہ کراچی کے طرف دار ہیں نہ لاہور کے۔ لیکن انصاف کی بات یہ ہے کہ لاہور میں جو بھاری بھر کم پن ہے وہ کراچی میں نام کو نہیں۔ کراچی عزت اور مرتبہ میں لاہور سے آگے سہی لیکن لاہور کا سا وقار کہاں سے لایئے گا۔ لاہور میں سنجیدگی اور متانت ہے۔ کراچی میں نودولتیوں کا سا چھچھوراپن۔ آخر عمر کا فرق بھی کوئی چیز ہے۔ لاہور دو اڑھائی سال کا بڈھا کراچی جمعہ جمعہ آٹھ دن کی پیدائش کہاں کراچی اور کہاں لاہور؟

جو لوگ کراچی کی صاف ستھری سڑکیں دیکھ کے آتے ہیں وہ کہتے ہیں کہ لاہور کی سڑکیں دیکھ کے جی بہت کڑھتا ہے۔ میں کہتا ہوں کہ میاں تم اس بڈھے کے چہرے کی جھریوں کا قصہ لے کر بیٹھ گئے۔ اس کے دوسرے کمالات پر بھی تو غور کرو۔ سنا نہیں کہ شاعر کیا کہہ گیا ہے،

میرے چہرے کی جھریوں پر نہ جا

دل ابھی تک جوان ہے پیارے

اور ہاں اس غزل میں ایک شعر کراچی کے حسب حال بھی تو ہے،

دیکھ کے قد یار کہتا ہوں

تیری اونچی دکان ہے پیارے

وہ کہتے ہیں کراچی سمندر کے کنارے آباد ہے۔ جواب دیتا ہوں کہ سمندر کے کنارے آباد ہونا کون سا بڑا کمال ہے۔ ہاں اگر سمندر کراچی کے کنارے ہو تو پھر اور بات تھی۔ اور سچ پوچھو تو بیچارے سمندر میں کون سی ایسی شاخ زعفران ہے۔

بحر اگر بحر نہ ہوتا تو بیاباں ہوتا۔

یہ نہیں دیکھتے کہ راوی جیسا دریا لاہور کے قدموں میں پڑا ہے۔

کراچی میں بڑی خوبیاں سہی لیکن شالامار باغ، جہاں گیر کا مقبرہ، کامران کی بارہ دری، شاہی قلعہ، شاہی مسجد، نہ گھدو شاہ کا تکیہ نہ داتا کا دربار نہ ایسے جلے تن جو

چلے کے جاڑے میں ململ کے کرتے پہنتے ہیں، لسی پیتے ہیں اور وارث شاہ کی ہیر پڑھتے ہیں۔ ذرا موچی دروازہ کے اندر چلے جایئے۔ صبح وشام دودھ دہی کی دکانوں پر کیا بھیڑ بھڑ کا ہوتا ہے۔ توبہ کیجئے کہاں کراچی اور کہاں لاہور۔ صاف ستھری سڑکوں اور سمندر کے قریب سے تو کوئی شہر سچ مچ شہر نہیں بن جاتا۔ ذرا آپ ہی خدا لگتی کہیے جس شہر میں بچ مورتوں کی آواز سننے میں نہیں آتی وہ بھی کوئی شہر ہے۔

کراچی میں وزیر ہیں، سفیر ہیں، بڑے بڑے عہدہ دار ہیں جو تمکنت کے مارے زمین پر قدم نہیں رکھتے۔ دولت مند تاجر ہیں، جن کے قبہ شکم کا دامن قبہ فلک سے بندھا ہوا ہے لیکن کراچی والوں میں اقبال سا کوئی شاعر بھی ہوا ہے۔ اور اقبال کا ذکر کیا وہاں تو چھوٹا موٹا شاعر بھی مشکل ہی سے ملتا ہے۔ ایک صاحب غلطی سے مشاعرے کا اعلان کر بیٹھے لیکن جب مشاعرہ کی تاریخ قریب آئی تو معلوم ہوا کہ پورے شہر میں ڈھائی شاعر ہیں اور ان میں بھی ڈیڑھ شاعر لاہور ہی سے آیا ہے۔ وکٹوریہ والوں اور رکشا والوں کی منتیں کیں کہ ارے بھئی کہیں سے ایک آدھ شاعر مہیا کرو نہیں تو خود شاعر بن جاؤ۔

سارے دفتر چھان مارے کہ شاید کوئی کلرک ہی ایک آدھ شعر موزوں کر لے لیکن شاعری کو کراچی کی آب وہوا راس نہیں آئی۔ یا تو ایک مصرعہ سے دوسرا مصرعہ بڑھ جاتا ہے یا پھر ایطائے جلی یا ایطائے خفی ہو جاتا ہے۔ اور ان آفتوں سے بچ نکلے تو شتر گربہ کے مرض سے تو بچنے کی کوئی صورت ہی نہیں۔ آخر تھک ہار کر

لاہور کا رخ کیا۔ بڑی مشکل سے کچھ شاعر ہاتھ آئے اور کراچی نے لاہور کے شاعروں کے بل پر ایک مشاعرہ کر لیا۔ اب اخباروں میں کراچی کے مشاعرہ کا پروپیگنڈہ ہو رہا ہے۔ اور کراچی والے اس مشاعرے کا ذکر اس طرح کرتے ہیں جیسے انہوں نے کراچی میں شاعری کے کارخانے کھولے ہوئے ہیں۔ جن میں فرشی اور عرشی کا مشاعرہ ڈھل جاتا ہے۔ حالانکہ لاہور کے شاعروں کے طفیل کراچی میں مشاعرہ کر لینا بالکل ویسا ہی ہے کہ پرزے امریکہ سے آئیں، انجینئر بھی وہیں سے بلائے جائیں اور کراچی میں انہیں جوڑ کے موٹر کار تیار کر لی جائے۔

لاہور پر نظر ڈالو تو ایسا معلوم ہوتا ہے کہ یہ پراتم بڈھا جس کی سفید ڈاڑھی نے اس کے سینے کو ڈھانک رکھا ہے۔ سر پر سپید پگڑ باندھے ململ کا کرتہ پہنے اور تہہ بند باندھے اور ایک ہاتھ میں لٹھ لیے دوسرا ہاتھ پھیلائے وسط ایشیا کی سب سے بڑی شاہراہ پر کھڑا ہے۔ اس نے گردش لیل و نہار کے بہت سے تماشے دیکھے ہیں، قوموں کے عروج وزوال کے سینکڑوں مناظر اس کی نظروں سے گزرے ہیں۔ وہ دل پر صدیوں کا بوجھ لیے کھڑا ہے۔ لیکن چہرہ مسکراہٹ کے نور سے جگمگا رہا ہے اور آنکھیں کہہ رہی ہیں کہ میاں جھجکتے کیوں ہو؟ آؤ یہاں تم سب کے لیے جگہ موجود ہے۔

لاہور میں متانت ہے، وقار ہے، حلم ہے اور حلم ہی نہیں علم بھی تو ہے۔ یہاں کی ادبی محفلیں، یہاں کی لائبریریاں، یہاں کے کالج اور اسکول، یہاں کے اخبار

کراچی میں کہاں؟ اور یہ چیزیں بھی میسر ہو جائیں تو نو عمر کراچی بڈھے لاہور کی سی شفقت کہاں سے لائے گا؟ اسے دیکھ کر تو یہ احساس ہوتا ہے کہ کوئی صاحب بہادر منہ میں سگار لیے گٹ پٹ کر رہے ہیں۔ اٹھتی جوانی ہے۔ دولت کی کمی نہیں پھر بڑے چاؤ چوچلے سے پرورش پائی ہے، اس لیے طبیعت میں ذرا اکھڑپن آگیا ہے۔

اسٹیشن سے بڑھ کر شہر میں قدم رکھو تو پاؤں کچھ رکتے معلوم ہوتے ہیں اور خیال آتا ہے کہ نا جانے صاحب بہادر کب ڈانٹ دیں۔ غرض کہاں لاہور کہاں کراچی؟ کراچی سے متعلق زیادہ سے زیادہ آپ یہی کہہ سکتے ہیں کہ،

غرور حسن با جہل پٹھانی

***

۴

# ریڈیو سننا

جی ہاں ناپسند ہے۔ مجھے ریڈیو سننا سخت ناپسند ہے۔ اگر آپ شاعر ہیں اور بے قافیہ نظمیں لکھتے ہیں تو بیاض نکالیے اور مجھے اپنا سارا کلام سنا دیجئے، میں مصیبت ہنسی خوشی برداشت کرلوں گا۔ بلکہ کیا خوب سبحان اللہ اور مکرر ارشاد فرمایئے کے نعرے بھی لگاؤں گا اور آپ پر یہ ظاہر نہیں ہونے دوں گا کہ آپ کے کلام بلاغت التیام کا ایک مصرع بھی میری سمجھ میں نہیں آیا۔

اگر آپ شاعر نہیں بلکہ افسانہ نویس ہیں اور آپ کو اپنے افسانے سنانے کا شوق ہے تو آیئے اپنے افسانوں کا پشتارہ میرے سر پر دے ماریے۔ میں تو تھانے رپٹ لکھوانے نہیں جاؤں گا۔ لوگوں سے آپ کی شکایت نہیں کروں گا۔ اخبار میں آپ کے خلاف مضمون نہیں لکھوں گا۔ مجھ پر ایسے ویسے حادثے بہت گزر چکے ہیں اور آپ شاعر اور افسانہ نگار دونوں نہیں بلکہ نرے نقاد ہیں اور جناب تربوز شادابی مرموز عنابی کی شاعری کے پس منظر پر تقریر کرکے مجھے مرعوب کرنا چاہتے ہیں، تو میں بڑی آسانی سے مرعوب ہو جاؤں گا لیکن خدا کے لیے مجھے ریڈیو سننے کو نہ کہیے

گا۔ میں ریڈیو نہیں سنوں گا۔ میں ہرگز نہیں سنوں گا۔ آپ نے ریڈیو سیٹ خریدا ہے تو میں کیا کروں؟ غریبوں محتاجوں کو اس خوشی میں کھانا کھلایئے اور اس پر بھی تسکین نہ ہو تو ان بے چاروں کو چلتے وقت ریڈیو بھی سنوا دیجئے، لیکن خدا کے لیے مجھ پر مشق ستم نہ فرمایئے، بس یاد رکھئے کہ ادھر آپ نے ریڈیو سیٹ کو ہاتھ لگایا اور ادھر میں بھاگ کھڑا ہوا۔

ریڈیو سننے سے مجھے وحشت ہوتی ہے۔ اس کی وجہ یہ نہیں ہے کہ مجھے موسیقی کا ذوق نہیں، یا ریڈیو پر جو ڈرامے اور تقریریں وغیرہ براڈ کاسٹ ہوتی ہیں، انہیں میں پسند نہیں کرتا۔ ڈرامے کے متعلق اتنا سن لیجئے کہ کون تھین نیو الفریڈ اور بھارت بیاکل ٹھیٹریکل کمپنی سے لے کر شاہ عالمی روازے کی پیسہ کمپنی تک کھیل دیکھ ڈالے ہیں۔ تقریریں ادبی اور غیر ادبی ہر قسم کی سنی ہیں۔ موسیقی سے میرے شغف کا یہ حال ہے کہ تان توڑ خان، استاد تان دراز خان، استاد تان رس خان سب کو سنا ہے۔ اور موسیقی سے میرے حسن عقیدت کا اس سے بڑا ثبوت کیا ہوگا کہ میاں تان سین کے مزار پر جو بیری کا درخت ہے، اس کے پتے ہر سال منگواتا ہوں اور اپنے محلے کے لوگوں میں تقسیم کرتا ہوں۔ غرض مجھے نہ موسیقی سے کد ہے نہ ادبی بحثوں، ڈراموں، تقریروں اور مشاعروں سے بلکہ مجھے تو صرف ریڈیو سننے سے وحشت ہوتی ہے۔

نادر شاہ کے متعلق مشہور ہے کہ جب ہندوستان آیا تو ہاتھی کی سواری کا شوق ہوا۔ ہاتھی پر سوار ہوا تو مہاوت سے کہنے لگا عنانش بدستم۔ مہاوت نے جواب دیا فیل عنان ندارد۔ نادر شاہ یہ کہہ کر ہاتھی سے اتر آیا کہ مرکبے کہ عنانش بدست غیر باشد

سواری رانشاید یعنی جب مرکب کی باگ ڈور دوسرے کے ہاتھ میں ہو وہ سواری کے لائق نہیں۔ ریڈیو کا معاملہ بھی ہاتھی کی سواری کا سا ہے۔

نے ہاتھ باگ پر ہے نہ پا ہے رکاب میں

آپ چاہتے ہیں تو ایک اور واقعہ سن لیجئے۔ ہندوستان میں ریڈیو کا ابتدائی زمانہ تھا۔ ایک صاحب کے ہاں کچھ لوگ بیٹھے ریڈیو سن رہے تھے، اتنے میں ایک نے کہا ذرا زہرہ جان کی کوئی چیز سنوائیے۔ دوسرا بولا میں تو چھوٹی بڑی سوئیاں سننا چاہتا ہوں۔ شیخ صاحب بولے بھئی یہ ریڈیو ہے گراموفون نہیں۔ صاحب جنہوں نے پہلے فرمائش کی تھی بولے اچھا یوں کہیے کہ ریڈیو اپنی کہے جاتا ہے، کسی کی نہیں سنتا۔ چلو میاں رحیم بخش فقیرا کو بلوا کے اس سے سنیں۔ ظالم کو زمانے بھر کی چیزیں یاد ہیں جو چاہو سن لیجیو۔

اب اس قصہ میں نہ پڑیے کہ یہ بات کس نے کہی اور کس موقع پر کہی۔ فقیرا کون تھا اور رحیم بخش کون لیکن اتنا تو آپ بھی مانیں گے کہ کہنے والا بڑے پتے کی بات کر گیا۔ ریڈیو بہت بڑی ایجاد سہی لیکن اس کے زبان ہی زبان ہے نہ کان ہیں نہ آنکھیں۔ اب اگر آپ کو ایسے بہرے آدمی سے واسطہ پڑ جائے جس کی زبان کترنی کی طرح چلتی ہو تو آپ کے لیے اس کے سوا کوئی اور چارہ نہیں کہ یا تو اس سے کسی طرح پیچھا چھڑا کر بھاگ نکلیے یا چپ چاپ اس کی باتیں سنتے رہیے، لیکن اس کی باتوں کو جواب دینے کی کوشش کرنا بے سود ہے۔ چلا چلا کے باتیں کیجئے گا تو اپنا ہی نقصان ہے۔ خناق یا نفث الدم ہونے کا اندیشہ ہے اور آپ جانتے ہیں کہ آج کل دوائیں بہت مہنگی ہیں۔ حکیم اور ڈاکٹر صاحب دونوں کامیاب ہیں۔ حکیم صاحب

ہوالشافی کر کے نسخہ لکھ دیں گے۔ لیکن دوا کے پورے اجزا کہاں سے لائیے گا۔

آپ جی میں کہتے ہوں گے کہ آخر ایسی کیا مجبوری ہے۔ ریڈیو کا معاملہ تو یہ ہے کہ جب جی چاہے سنیے۔ جب جی چاہے بند کر دیجئے۔ آپ کا خیال درست ہے، لیکن صاحب اس قسم کے اختیارات اپنے ریڈیو سیٹ تک محدود ہیں، مجھے تو سرود خانہ ہمسایہ نے مارا۔ اغل بغل جو لوگ رہتے ہیں سبھی کے یہاں ریڈیو موجود ہے۔

پھر ان کے شوق کا یہ حال کہ صبح سے سننا شروع کرتے ہیں اور رات کے بارہ بجے تک برابر سنتے چلے جاتے ہیں۔ یعنی ریڈیو تھک جائے تو تھک جائے یہ نہیں تھکتے۔ فرمائیے ان کے ریڈیو سیٹ پر مجھے کیا اختیار ہے۔ آخر انگریز کی حکومت ہے نادر شاہی تو نہیں ہے کہ دھونس سے کام چل جائے۔ اب میری مجبوریوں اور پریشانیوں پر غور کیجئے کہ ریڈیو سننا نہیں چاہتا لیکن برابر سنتا ہوں۔ اب یہ تو ہونے سے رہا کہ جب تک گھر میں بیٹھا رہوں، کانوں میں انگلیاں ٹھونسے رکھوں، لے دے کے یہی طریقہ سمجھ میں آتا ہے کہ یہ مکان چھوڑ دوں لیکن اول دوسرا مکان ملنا ناممکن ہے۔ پھر اگر مکان مل گیا تو وہاں کیا پڑوس میں ریڈیو نہ ہو گا،

بہر زمین کہ رسیدم یم ریڈیو پید است

غرض میرا معاملہ یہ ہے کہ گڑ کھاتا ہوں، گلگلوں سے پرہیز کرنا چاہتا ہوں۔

ریڈیو پر تقریر کرنے سے مجھے انکار نہیں صرف ریڈیو نہیں سننا چاہتا۔ میں بلا ناغہ سنتا ہوں اور بے قصد و ارادہ سنتا ہوں۔ بہتیرا چیختا چلاتا ہوں کہ جبر و اختیار کے فلسفے پر پہروں غور کرتا رہتا ہوں لیکن مجھے معلوم ہے کہ اس مصیبت سے نجات کی کوئی صورت نہیں۔

یہ درد سر ایسا ہے کہ سر جائے تو جائے

آپ ریڈیو سنتے ہیں، ریڈیو سننے کو ضروریات زندگی میں سمجھتے ہیں، اس لیے اندیشہ ہے کہ میری اس گفتگو سے آپ کے جذبات کو ٹھیس لگے۔ اس لئے میں یہ واضح کر دینا چاہتا ہوں کہ میں ریڈیو کا احترام کرتا ہوں۔ ریڈیو پر جو صاحب کمال لوگ اپنے ہنر کی نمائش کرتے ہیں، ان سے بھی مجھے بے حد عقیدت ہے۔

میں ریڈیو سننا نہیں چاہتا تو اس کی وجہ وہی ہے جو میں عرض کر چکا ہوں۔ یعنی مجھے گونگوں کی محفل میں بیٹھنے سے انکار نہیں لیکن بہروں سے بہت ڈرتا ہوں۔ گانا سننے کا شوق ہے لیکن گانا سننے اور سنانے کا لطف اسی میں ہے کہ سننے اور سنانے والا دونوں آمنے سامنے موجود ہوں۔ آپ جو چیز سننا چاہتے ہیں داد کا موقع ہو تو داد بھی دیں۔ اگر آپ کن رس ہیں، اتنا سمجھتے ہیں کہ گویے نے کیا چیز گائی اور حسب موقع داد بھی دے سکتے ہیں تو یقین کیجئے کہ گویّا جی توڑ کے گائے گا۔

ورنہ ریڈیو کا گانا قبرستان میں مردوں کو گانا سنانا ایک ہی جیسا ہے۔ ایسا گانا سننے سے تو اچھا ہے کہ کسی ماہر روحانیات سے دوستی گانٹھیں اور تان سین کی روح کو بلوا کر گانا سنیں یا طوطا پالیں اور اس سے باتیں کریں۔

یہ ٹھیک ہے کہ ریڈیو پر گانا سن کر بھی آپ داد دے سکتے ہیں۔ لیکن یہ داد نہیں بے داد ہے۔ سبحان اللہ کے جواب میں جب تک آپ آداب عرض نہ سن لیں، داد دینے کا کیا لطف ہے۔ یہ اور بات ہے کہ اس ادھوری بات کا ثواب بیچارے گویے کی روح کو پہنچ جاتا ہو لیکن میرے نزدیک یہ بات بھی محل نظر ہے۔

آپ مانیں یا نہ مانیں میں تو یہی کہوں گا کہ موسیقی کے بہت سے ایسے اسرار

ہیں جو گانے والے کے چشم و ابرو میں پوشیدہ ہوتے ہیں اور بہت سے رموز اس قسم کے ہیں جو گلوری کے ساتھ حلق میں اترتے اور چودہ طبق روشن کر جاتے ہیں۔ پھر اکثر اوقات ایسا بھی ہوتا ہے کہ ترنم رہبری نہ کرے تو سننے والا اندھیرے میں ٹامک ٹوییئے مارتا پھرے۔

ریڈیو پر ہمیں گانا جو سننے کا موقع ملتا ہے وہ یکسر ابہام ہے اور آپ جانتے ہیں کہ ابہام سے ہر شخص کو الجھن ہوتی ہے۔ گانے کا جانے دیجئے۔ شعرا کو ہی لیجئے۔ ریڈیو پر مشاعرے بھی ہوتے ہیں۔ شعرا اپنا کلام بھی سناتے ہیں لیکن اس شعر خوانی کی حیثیت اس شاعر سے پوچھیے جو غزل شروع کرتا ہے۔ اسے خیال ہوتا ہے کہ اس وقت سارا ہندوستان میرا کلام سن رہا ہے۔ لیکن جب داد کا سہارا نہیں پاتا تو اسے یہ وہم ہونے لگتا ہے کہ سب لوگوں نے اپنے اپنے ریڈیو بند کر دیے ہیں۔ ایک شخص بھی ایسا نہیں کہ جو میرا کلام سننا چاہتا ہو۔

آپ جانتے ہیں کہ اکثر لوگ چونّی خرچ کر کے مشاعرے میں اس لئے شریک ہوتے ہیں کہ بیچارے شاعر سے چونّی وصول کریں گے۔ اگر شاعر نے اپنا کلام تحت اللفظ سنانا شروع کیا تو ہر طرف سے آوازیں آتی ہیں کہ ترنم سے گا کے سنائیں، گا کے سنایئے۔ بعض شاعر اس شور و غل کو خاطر میں نہیں لاتے اور کوئی سنے یا نہ سنے غزل پوری کر کے دم لیتے ہیں۔

بعض موسیقی سے ناواقف ہونے کے باوجود گنگنانا شروع کر دیتے ہیں۔ اس پر بیٹھ جایئے، بیٹھ جایئے گا، کا شور مچتا ہے۔ لوگ زور زور سے پاؤں فرش پر مارتے ہیں، سیٹیاں بجاتے، بلی کی بولیاں بولتے ہیں اور بیچارا شاعر اپنا سا منہ لے کر رہ جاتا ہے۔

ریڈیو کے مشاعروں میں ان تمام آفات سے محفوظ ہوتا ہے۔ اس لیے سننے والوں کو تو خاک لطف آتا ہوگا۔ شاعروں کو بھی جن کی عمر اسی قسم کے ہنگاموں میں گزر گئی ہے، ریڈیو کے مشاعرے روکھے، پھیکے معلوم ہوتے ہیں۔ آخر وہ مشاعرہ ہی کیا جس میں شور نہ مچے۔ ہنگامہ نہ ہو۔ آوازیں نہ کسی جائیں۔

ریڈیو کے مشاعرے کیا ہیں۔۔۔ کاغذی پھول۔۔۔ جو خوشبو نہیں رکھتے یا مشینی چاول جن میں وٹامن بہت کم ہیں۔ شاعری کو بھی وٹامن، عام مشاعروں کی کھلی فضا اور شاعروں کی باہمی چشمکوں اور ہنگامہ آرائیوں کی بدولت ہی قائم رکھ سکتے ہیں۔ میں سوچتا ہوں کہ اگر مشاعرہ بد قسمتی سے ریڈیو ہی کا مرغ دست پرور بن کے رہ جائے تو بیچاری شاعری چند دنوں میں خون تھوکنے لگے۔ وہ تو خدا کا شکر ہے کہ مشاعرہ ابھی تک ریڈیو کی گھٹی ہوئی فضا کے باہر سانس لے رہا ہے ورنہ ریڈیو نے مشاعرے اور اس کے ساتھ بیچاری شاعری کو خدا گنج پہنچانے میں کوئی کسر باقی نہیں چھوڑی تھی۔

تو بندہ پرور یہ کتھا بکھانے سے مقصد یہ ہے کہ مجھے ریڈیو سننا پسند نہیں لیکن اس سے خدا نخواستہ یہ نہ سمجھیے کہ آج ریڈیو سیٹ گھر گھر موجود ہیں، اور میں غالب کی طرح وبائے عام میں مرنے کو کسر شان سمجھتا ہوں۔

نہیں صاحب! میں غالب کی طرح ترک افراسیابی نہیں جو ہر بات میں اپنا راستہ نکال لوں۔ عوام کے تتبع کو گناہ سمجھوں بلکہ بات صرف اس قدر ہے کہ میں مشینی شاعری، مشینی موسیقی، خطابت کا چنداں قائل نہیں لیکن اگر آپ قائل ہیں تو چشم ما روشن دل ما شاد۔ ہاں اس سلسلے میں ایک اور بات عرض کردوں کہ میں نے جو کچھ

کہا ہے یہ بہ ثبات عقل وہوش بے جبر واکراہ، بے اشارت وایما کہا ہے۔ اپنے ورثا کو میری وصیت ہے کہ وہ میری قبر پکی بنائیں تاکہ ریڈیو کی آواز مجھ تک نہ پہنچ سکے۔ ورنہ خدا جانے قیامت سے پہلے کتنی بار مجھ پر قیامت گزر جائے اور صور اسرافیل پھونکنے سے پیشتر کتنی دفعہ چونک کے لحد میں اٹھ بیٹھوں۔

***

۵

# بھاٹ اور سوانگی

بھاٹ اور سوانگی کا نام سنتے ہی ایک پرانا مرقع میری نظر کے سامنے آگیا، جس کے نقوش مدھم پڑ گئے ہیں۔ رنگ پھیکے پھیکے، لکیریں دھندلائی ہوئی۔ اس مرقع کی کچھ تصویریں اجنبی معلوم ہوتی ہیں، کچھ جانی پہچانی۔ کیونکہ ہر چند میرے اور اس کا روان رفتہ کے درمیان سینکڑوں برس کی مدت حائل ہے۔ زمانے نے غبار کا ایک پردہ سا تان رکھا ہے۔ جس نے میری نظروں کو دھندلا دیا ہے، تاہم میں نے ہندوستان کے ماضی کے متعلق جو کچھ پڑھا ہے، بزرگوں کی زبانی جو کچھ سنا ہے اس نے بیگانگی اور ناآشنائی کی شدت کو کس قدر کم کر دیا ہے۔

میں ان تصویروں کے پھیکے پھیکے نقوش، مبہم خدوخال پر غور کرتا ہوں تو ایسا معلوم ہوتا ہے کہ یکا یک ان کے دھندلے خطوط ابھر آئے۔ رنگ شوخ ہو گئے۔ ان کے لب ہلنے لگے۔ یعنی ان تصویروں میں جان سی پڑ گئی۔ اب جو سوچتا ہوں تو معلوم ہوتا ہے کہ یہ مٹی مٹی سنہری لکیریں راج محل کے ستون ہیں جو ایک عظیم

الشان عمارت کو سہارا دیے کھڑے ہیں۔ یہ آڑے ترچھے خط، یہ مدھم مدھم نقش و نگار، راج سنگھاسن، جڑاؤ مکٹ، سنہری مسندیں، پٹکوں کے حاشیے اور تلواروں کے قبضے ہیں۔ راج محل میں دربار لگا ہے۔ راجہ سر پر مکٹ رکھے سنہری تاج پہنے چھپر تلے بیٹھا ہے۔ بڑی بڑی مونچھیں، کھلتا ہوا گیہواں رنگ، کھلی پیشانی، سڈول جسم، تلوار کے قبضے پر ہاتھ، دونوں طرف درباریوں کی قطار، یکبارگی ایک شخص آگے بڑھتا ہے اور پراکرت کی ایک نظم پڑھنا شروع کر دیتا ہے۔

الفاظ کی شوکت، مصرعوں کے دروبست سے ایسا معلوم ہوتا ہے کہ کوئی رزمیہ نظم ہے۔ لفظ لفظ میں تلواروں کی بجلیاں کوندتی اور سنانیں چمکتی نظر آتی ہیں۔ لیکن یہ رزمیہ نظم نہیں قصیدہ ہے، جس میں موقع کی مناسبت سے راجہ کی تعریف کے ساتھ ساتھ اس کے اور اس کے باپ دادا کے کارنامے بیان کیے گئے ہیں۔ لیکن نظم میں بلا کی روانی ہے، ایسا معلوم ہوتا ہے کہ ایک غضب ناک دریا پہاڑوں کو چیرتا، درختوں کو جڑ سے اکھیڑتا، چٹانوں کو توڑتا پھوڑتا اپنی رو میں بہاتا لیے جا رہا ہے۔ جگہ جگہ دیومالا کی پر لطف تلمیحیں ہیں، جنھوں نے کلام میں زیادہ زور پیدا کر دیا ہے۔ کہیں شوخی کے جلال و غضب کا ذکر جس کی آگ نے کام دیو کو جلا کر راکھ کر ڈالا تھا، کہیں سورگ کے راجہ اندر کے جنگی ہتھیاروں یعنی اس کے بجر اور دھنش اور اس کی سواری کے ہاتھی ایراوت کی طرف اشارے ہیں، جو سیہ مست بادلوں کی طرح جھوم جھوم کے چلتا ہے۔

یہ عشق و وفا کی شاعری نہیں جس میں ساون کی راتوں، آم کے بور، کوئل کی کوک، پپیہے کی پکار،، کنول، بھونرا اور مالتی کی جھاڑیوں کا ذکر ہوتا ہے۔ یہ درباری شاعری ہے جن میں رزمیہ شاعری نے مدحیہ شاعری کے ساتھ مل کے عجب شان پیدا کر دی ہے اور یہ شخص راجہ کے دربار کا بھاٹ ہے جو ایک خاص تقریب پر اپنی زبان آوری کا کمال دکھانے دربار میں حاضر ہوتا ہے۔

بھاٹ اور کوی میں بڑا فرق یہ تھا کہ کوی کے لئے کسی دربار سے تعلق رکھنا اور مدحیہ قصیدے کہنا ضروری نہیں ہوتا تھا۔ یہ ٹھیک ہے کہ بعض گویوں کو بھی درباروں سے تعلق رہا ہے لیکن دربار میں بھی وہ بھاٹوں سے اونچی حیثیت رکھتے تھے۔ بعض کوی ایسے تھے جن کی زبان راجاؤں کی مدح سے آلود نہیں ہوئی۔ بعض گویوں نے بادشاہوں کی تعریف بھی کی ہے لیکن ان کا انداز الگ تھا۔ بھاٹوں کو در اصل ان کی شاعری کی وجہ سے نہیں بلکہ ان کی زبان آوری کی وجہ سے قابل قدر سمجھا جاتا تھا اور بعض بھاٹ تو خود شعر کہنا نہیں جانتے تھے بلکہ پرانے شاعروں کا رزمیہ کلام پڑھ کے سنا دیتے تھے۔ یا شاعروں کے کلام میں تھوڑی سی قطع و برید کر کے اسے موقع کے مناسب بنا لیتے تھے۔

پرانی کتابوں سے یہ بھی معلوم ہوتا ہے کہ کوی عام طور پر ترنم سے شعر پڑھتے تھے اور بھاٹ تحت اللفظ میں اپنا کمال دکھاتے تھے۔ اس کے علاوہ انہیں راجاؤں کے نسب نامے اور ان کے بزرگوں کے کارنامے بھی یاد ہوتے تھے،

جنہیں وہ بڑے مبالغے کے ساتھ بیان کرتے تھے۔ عربوں میں بھی نسب نامے یاد رکھنا بڑا کمال سمجھا جاتا تھا۔ چنانچہ جو لوگ نسب نامے یاد رکھتے تھے وہ نساب کہلاتے تھے اور بڑی عزت کی نظر سے دیکھے جاتے تھے۔ لیکن ہندوستان کے بھاٹوں کو عرب کے نسابوں سے کوئی نسبت نہیں۔ غرض بھاٹ اور کوی کے فرق کو چند لفظوں میں بیان کرنا ہو تو یہ کہنا چاہیے کہ کوی اپنے تاثرات بیان کرتا ہے اور بھاٹ کو ذاتی تاثرات سے کوئی واسطہ نہیں۔ وہ ایک مقررہ فرض بجالاتا ہے اور بس۔

بھاٹوں نے اور کچھ کیا کیا نہ کیا، کم از کم راجاؤں اور بڑے امیروں کے دل میں جوشِ سماعت ضرور زندہ رکھا۔ وہ ان لوگوں کے بڑوں کے قابلِ فخر کارنامے اس انداز میں بیان کرتے تھے کہ سننے والوں کی رگوں میں خون موج مارنے لگتا تھا۔ کڑکیت بھی انہیں بھاٹوں کے بھائی بند تھے جو جنگ کے موقع پر سپاہیوں کو لڑائی کے لیے ابھارتے تھے۔ پرانے زمانے کی لڑائیوں میں یہ دستور تھا کہ جب دو فوجیں آمنے سامنے ہوتی تھیں تو پہلے دونوں کے کڑکیت اپنی اپنی فوجوں کے سامنے کھڑے ہو کر کڑکا کہتے تھے۔ یہ کچھ اشعار ہوتے تھے جن میں دنیا کی بے ثباتی کے ذکر کے ساتھ ساتھ اپنی طرف کے سپاہیوں کی بہادری کی تعریف کی جاتی تھی۔ یہ رسم عرب میں بھی تھی۔ اسلام سے پہلے شاعر بھی یہ خدمت انجام دیتے تھے۔ پھر لڑائیوں میں عورتیں بھی دف بجا بجا کے گیت گاتیں اور اپنی طرف سے شہ سواروں کو لڑائی پر ابھارتی تھیں۔ عربوں کے اسلام لانے کے بعد یہ رسم مٹ گئی۔

اشعار کے ذریعے فوج کو برانگیختہ کرنے کا کام صرف شاعروں کے ذمہ رہ گیا۔ لیکن اس غرض کے لیے خاص طور پر شاعر نہیں رکھے جاتے تھے کیونکہ جس زمانے کا یہ ذکر ہے اس زمانے میں عربوں میں شاعروں کی کثرت تھی۔ ہر فوج میں سینکڑوں شاعر ہوتے تھے اور اکثر اوقات تو خود سردار لشکر کو شاعری میں خاصا درک ہوتا تھا۔

ہندوستان کی بعض ریاستوں میں اب بھی بھاٹ موجود ہیں۔ جو دسہرہ اور بسنت کے درباروں میں شادی بیاہ کے موقع پر گیت سناتے ہیں۔ کوئی بیس سال ہوئے مجھے ایک بھاٹ سے ملنے کا اتفاق ہوا تھا۔ بڑا ذہین شخص تھا اگرچہ پڑھنا لکھنا واجبی سا ہی جانتا تھا لیکن برج بھاشا پر بڑا عبور رکھتا تھا اور حسب موقع فوراً شعر جوڑ لیتا تھا۔ یہ کہنا مشکل ہے کہ یہ اس کا اپنا کلام تھا۔ وہ پرانے شاعروں کے کلام میں موقع کی مناسبت سے ترمیم کر کے شعر گڑھ لیتا تھا۔

اس مرقع میں ایک اور تصویر بھی ہے۔ شیشم کے پیڑ تلے گاؤں کے لوگ اکٹھے ہیں۔ بیچ میں کچھ آدمی ناٹک کر رہے ہیں لیکن نہ پردے ہیں نہ خاص لباس۔ ایک آدمی سارنگی بجا رہا ہے، دوسرا ڈھولک پر تال دے رہا ہے اور تیسرا اونچی لے میں کچھ گا رہا ہے۔ یہ ایک لمبی نظم ہے جس کے مطلب کو یہ شخص ایکٹنگ کے ذریعے واضح کر رہا ہے۔ خود ہی سوال کرتا ہے اور خود ہی جواب دیتا ہے، لیکن موقع کے لحاظ سے لب و لہجہ بدل جاتا ہے۔ یہ سوانگیوں کی منڈلی ہے اور نل و مینتی کی

کہانی ان کا موضوع ہے۔

سوانگیوں کی منڈلی میں زیادہ آدمی بھی ہوتے تھے۔ جو مختلف پارٹ ادا کرتے تھے۔ اپنی اپنی بساط کے مطابق بھیس بدلنے کا سامان بھی رکھتے تھے۔ لیکن اکثر منڈلیاں سامان کے بغیر بھی کام چلا لیتی تھیں۔ دیہات میں اب بھی ان لوگوں کی منڈلیاں نظر آجاتی ہیں، لیکن ان کی اگلی سی قدر نہیں رہی۔

سوانگوں اور رہس دھاریوں میں بہت تھوڑا فرق ہے۔ رہس دھاریوں کا موضوع دھارمک ڈرامے ہیں۔ خصوصاً سری کرشن جی کی زندگی۔ ان کا اصل وطن برج اور متھرا کا علاقہ ہے جہاں کرشن جی کی زندگی کا ابتدائی زمانہ گزرا۔ سوانگی ہر طرح کے کھیل دکھاتے ہیں۔ اس کے علاوہ سوانگیوں کی سرگرمیاں صرف دیہات تک محدود رہ گئیں۔ رہس دھاری شہروں تک پہنچے اور جہاں تک گئے ہاتھوں ہاتھ لیے گئے۔ اودھ کے آخری بادشاہ واجد علی شاہ مرحوم کو رہس کا بڑا شوق تھا۔ چنانچہ شاہی محلوں میں رہس ہوتی تھی، بادشاہ کنھیا بن کے چھپ جاتے تھے اور گوپیاں انہیں ڈھونڈنے نکلتی تھیں۔ ہندوستان میں تھیٹر کی بنیاد بھی رہس ہی سے پڑی۔ یعنی رہس کو سامنے رکھ کر اندر سبھا کا ناٹک کھیلا گیا جو ہندوستان میں تھیٹر کا سنگ بنیاد سمجھا جاتا ہے۔

سوانگیوں اور رہس دھاریوں کے آغاز کے متعلق تحقیق کرنا بڑا مشکل کام ہے۔ بعض لوگوں کا خیال ہے کہ ہندوستانی ڈرامہ جو بڑے عروج پر پہنچ چکا تھا، جب

راجوں مہاراجوں کی سرپرستی سے محروم ہو گیا تو اس کی جگہ سوانگ اور رہس نے لے لی۔ لیکن یہ بات وثوق سے نہیں کہی جا سکتی، ممکن ہے کہ سوانگ ہندوستانی ڈرامے کی ابتدائی صورت ہو۔ جب ڈرامے نے ترقی کی تو کالی داس، بھوبھوتی، شدرک بھاش، ہرش وغیرہ جیسے مصنف مل گئے تو وہ حکومتوں کے مرکزوں اور بڑے بڑے شہروں میں تو بہت اونچے درجے پر جا پہنچا۔ لیکن دیہات میں اس کی حالت جوں کی توں رہی۔ یعنی اس نے سوانگ کے دائرے سے قدم باہر نہیں نکالا۔

باقی رہے رہس دھاری، تو ان کا معاملہ ہی الگ ہے کیونکہ رہس کا موضوع کرشن جی کی زندگی ہے، اور یہ اور بات ہے کہ بعض رہس دھاریوں نے اپنے موضوع کو محدود نہیں رکھا اور آگے چل کر مختلف قسم کے ناٹک دکھانے شروع کر دیے۔ رہس دھاری بھی اگرچہ سوانگیوں ہی کا ایک گروہ ہیں لیکن انہیں جو عروج حاصل ہوا وہ سوانگیوں کو کبھی نصیب نہیں ہو سکا۔ اکثر رہس دھاری بھیس بدلنے میں خاص اہتمام کرتے ہیں، پھر انہیں راگ ودیا میں بھی کسی قدر مہارت ہوتی ہے۔ اس کے برعکس سوانگی صرف دیہاتیوں کے ڈھب کی سیدھی سادی دھنیں یاد کر لینا کافی سمجھتے ہیں۔ رہس دھاریوں کے قدر دان اب صرف چھوٹے چھوٹے شہروں اور قصبوں میں رہ گئے ہیں۔ بڑے بڑے شہروں میں انہیں کوئی نہیں پوچھتا۔

بہروپیے بھی سوانگیوں کے بھائی بند ہیں۔ سوانگیوں کی منڈلیاں ہوتی ہیں۔

بہروپیا اپنے ہنر کی بدولت کماتا کھاتا ہے۔ بہروپئے طرح طرح کے بہروپ بھرتے ہیں اور جو لوگ ان کے بہروپ سے دھوکا کھا جاتے ہیں ان سے انعام کے طالب ہوتے ہیں۔ سوانگ اور بہروپ صرف ہندوستان پر ہی موقوف نہیں۔ ایشیا کے اکثر ملکوں خصوصاً چین میں اب تک ایسی ناٹک منڈلیاں موجود ہیں جو سوانگیوں اور رہس دھاریوں سے بہت ملتی جلتی ہیں اور تو اور یورپ کے دیہات میں جو راہ باٹ سے کٹے ہوئے ہیں ایسی منڈلیاں مل جائیں گی جو پرانے انداز کے چھوٹے چھوٹے ڈرامے دکھاتی ہیں۔

غرض بھاٹ، سوانگی، رہس دھاری بہروپئے کہنے کو اب بھی موجود ہیں، لیکن اصل میں ان کا زمانہ ختم ہو گیا۔ وہ ہندوستان کی پرانی تہذیب کی آخری یادگاریاں ہیں جو چاہے ملک کے کسی گوشے میں بیس تیس بلکہ سو پچاس تک یوں ہی پڑی رہیں۔ لیکن نئے زمانے میں ان کے لیے کہیں بھی گنجائش نہیں نکل سکتی۔ آج ان کی حیثیت مدھم نقوش کی ہے۔ کل دیکھئے گا کہ یہ پھیکے پھیکے نقوش بھی بالکل مٹ گئے اور سادہ ورق باقی رہ گیا۔

***

## ۶

# بادشاہ سلامت نے بچہ جنا

تاریخ اودھ میں جو عجائبات نظر آتے ہیں۔ ان میں سب سے بڑا اعجوبہ غازی الدین حیدر کی بیگم کی بدعات ہیں۔ اس خاتون نے جو مبشر خان نجومی کی بیٹی تھی، سب سے پہلے امام مہدی کی ولادت کا تیوہار منانا شروع کیا، جو ماہ شعبان میں دھوم دھام سے منایا جاتا تھا۔ یہاں تو خیر تھی لیکن بادشاہ بیگم نے کچھ عرصے کے بعد ایک اختراع فرمائی یعنی شرفا کی خوبصورت اور کمسن لڑکیوں کو گیارہ اماموں سے منسوب کر کے انہیں الگ الگ مکانوں میں رکھا۔ یہ لڑکیاں اچھوتیاں کہلاتی تھیں۔ ہر اچھوتی کی خدمت کے لیے متعین خادمائیں مقرر تھیں اور وہ عیش و آرام کی زندگی بسر کرتی تیں۔ صرف حضرت علیؓ سے کوئی اچھوتی منسوب نہیں کی گئی۔ کیونکہ اس طرح حضرت فاطمہؓ کی شان میں گستاخی ہوتی تھی۔

اچھوتیاں چونکہ ائمہ سے منسوب تھیں اس لئے شادیاں نہیں کر سکتی تھیں۔ ایک اچھوتی نے اس قید تنہائی سے نجات حاصل کرنے کے لیے عجیب طریقہ اختیار

کیا یعنی ایک مرتبہ پچھلے پہر اٹھ کر رونا پیٹنا شروع کر دیا۔ محل کی عورتیں جمع ہو گئیں۔ بادشاہ بیگم کو خبر ملی وہ بھی آئیں اور پوچھا کیا ہوا۔ اچھوتی نے کہا میں نے خواب میں دیکھا کہ امام علیہ السلام میرے سامنے کھڑے ہیں اور نہایت بلند آواز میں مجھ سے کہہ رہے ہیں جا میں نے تجھے طلاق دی۔ میری آنکھ کھلی تو میں نے رونا شروع کر دیا، کیونکہ امام کے نکاح سے خارج ہونے کے بعد دین و دنیا میں میرے لئے کوئی ٹھکانہ نہیں رہا۔ بادشاہ بیگم نے یہ سن کر اس اچھوتی کو اسی وقت پالکی میں سوار کیا اور سامان سمیت اس کے میکے بھجوا دیا۔

بادشاہ بیگم نے مشہور کر رکھا تھا کہ جنوں کا بادشاہ اس پر عاشق ہے۔ چنانچہ آٹھویں دسویں روز وہ بن سنور کر اور بھاری جوڑا اور زیور پہن کے ایک آراستہ پیراستہ کمرے میں بیٹھ جاتی تھی۔ پھر گائنیں حاضر ہوتی تھیں اور گانا بجانا شروع ہو جاتا تھا۔ کچھ عرصے کے بعد وہ بھی رخصت ہو جاتی تھیں اور بالکل تخلیہ ہو جاتا تھا۔ محل کی خواصوں میں مشہور تھا کہ بادشاہ بیگم سے جنوں کے بادشاہ کی بات چیت بھی سنی ہے۔ توہم پرست لوگ جو کچھ سنتے تھے اس پر آنکھیں بند کر کے یقین کر لیتے تھے اور تو اور خود غازی الدین حیدر کو ان باتوں پر پورا یقین تھا۔ وہ اپنی بیگم سے بہت ڈرتا تھا اور اس کی مرضی کے خلاف کوئی بات نہیں کرتا تھا۔ شاید اسے یہ اندیشہ بھی تھا کہ بیگم کہیں بادشاہ جنات سے کہہ کے سلطنت ہی نہ چھنوا دے۔

نصیر الدین حیدر جو غازی الدین حیدر کے بعد تخت پر بیٹھا، ان بدعات میں

بادشاہ سے بھی بڑھ گیا۔ وہ صبح دولت نام کے ایک خواص کے بطن سے تھا لیکن بادشاہ بیگم نے اسے اپنے بیٹوں کی طرح پالا تھا۔ اس لیے بچپن میں جو دیکھا تھا اس کا نقش ایسا گہرا تھا کہ حکومت ہاتھ آئی تو خود بھی اس قسم کی حرکت شروع کر دی۔ اس نے بھی اپنی ماں کی طرح گیارہ اچھوتیاں جمع کیں جو گیارہ اماموں سے منسوب تھیں۔ ان کے لیے بھاری بھاری جوڑے اور زیور تیار کرائے۔ جب کسی امام کی ولادت کا دن آتا تھا تو بادشاہ اپنے آپ پر حاملہ عورت کی سی کیفیت طاری کر لیتا۔ اس طرح روتا اور کراہتا کہ گویا سچ مچ درد زہ میں مبتلا ہے۔

پھر بچہ کی جگہ ایک مرصع گڑیا بادشاہ کے سامنے رکھ دی جاتی۔ مبارک سلامت کا غل مچتا۔ زچہ گیریاں گائی جاتیں۔ چھ دن بادشاہ زچہ خانے میں رہتا۔ جو مقوی دوائیں اور کھانے زچاؤں کو دیے جاتے ہیں، وہ سب بادشاہ کو کھلائے جاتے۔ لکھنؤ میں ایسے موقعوں پر بڑے تکلفات ہوتے ہیں اور بہت سی رسمیں ادا کی جاتی ہیں۔ اس موقع پر یہ تمام رسمیں ادا ہوتیں۔ چھٹے دن بادشاہ غسل کرتا۔ رات ہوتی تو بادشاہ زنانہ لباس پہنے گڑیا کو گود میں لیے لنگڑاتا ہوا تارے دیکھنے نکلتا۔ اب کھانے تقسیم ہوتے۔ گویوں کی تانوں اور مبارک سلامت کی صداؤں سے کان پڑی آواز سنائی نہ دیتی۔

اس رسم سے فراغت ہوتی تھی تو بادشاہ محافہ پر سوار باجے گاجے کے ساتھ شہر میں نکلتا۔ آگے آگے ہاتھی ہوتے تھے۔ ان کے پیچھے سواروں کے پرے،

پیدلوں کی پلٹنیں۔ پیچھے بادشاہ کا محافہ جس کے داہنے، بائیں سوار ہوتے تھے۔ امراء دربار اور معززین۔ غرض اس شان سے بادشاہ سارے شہر کا چکر لگا کے پھر شاہی محل میں داخل ہوتا۔

سلاطین اودھ کے اللے تللوں کا ذکر کتابوں میں پڑھتے ہیں تو خیال آتا ہے کہ ان لوگوں کا سارا سال تو اسی قسم کی رسموں میں گزر جاتا ہو گا۔ امور سلطنت کی طرف توجہ کرنے کا موقع کب ملتا ہو گا۔ دراصل یہ امور سلطنت کی جانب توجہ ہی کب کرتے تھے۔ سلطنت کے معاملات پر وزراء اور دوسرے عہدہ دار مسلط تھے جو رعایا کو بے دریغ لوٹتے تھے۔ لکھنؤ جو اس حکومت کا مرکز تھا، وہاں کے لوگوں کا حال یہ تھا کہ وہ اس قسم کی حرکات کو عظمت شاہانہ کا نشان سمجھتے تھے اور جو بادشاہ اس معاملہ میں دوسروں سے آگے بڑھ جاتا تھا، اس کی عظمت کے قائل ہو جاتے تھے۔ آصف الدولہ کو محض اسراف بے جا کی وجہ سے لوگ "ولی" کہتے تھے اور دکاندار یا آصف الدولہ ولی کہہ کے دوکان کھولا کرتے تھے۔

***

۷

# خوجی

لیجئے ان سے ملیے ان کا نام خوجی ہے۔ وطن لکھنؤ، پیشہ امیروں کی مصاحبت، چھوٹے چھوٹے ہاتھ پاؤں، چھوٹا قد، کالی کالی رنگت۔ گلیور صاحب کے سفر نامے میں آپ نے بونوں کی بستی کا حال پڑھا ہو گا۔ میاں خوجی کو دیکھ کے بے اختیار بونے یاد آجاتے ہیں۔

خوجی کا اصل نام کیا ہے؟ ان کے باپ دادا کون تھے؟ انہوں نے بچپن اور جوانی کا زمانہ کیسے گزارا؟ یہ باتیں ہمیں معلوم نہیں۔ ہاں خود ان کی زبان سے ان کی ابتدائی زندگی اور اصل و نسل کے متعلق بعض باتیں معلوم ہوئی ہیں۔ مثلاً میاں خوجی کا بیان ہے کہ ان کا اصل نام خواجہ بدیع الزماں ہے۔ اودھ کی بادشاہت کے آخری زمانے میں وہ وگلہ والی پلٹن کے کمیدان تھے۔ لیکن خوجی کی بات کا کیا اعتبار؟ ہاں اتنا ضرور ہے کہ اگر خوجی کہہ کے پکاریے تو وہ فوراً بگڑ جائیں گے۔ اب چاہے رستم مقابلے پر ہو۔ کیا مجال کہ قدم پیچھے ہٹے، وہ پیٹتے پیٹتے تھک جائے اور یہ پٹتے

پٹتے نہیں تھکتے۔ پٹخنیاں کھاتے ہیں لیکن پھر بھی جھاڑ پونچھ کے اٹھ کھڑے ہوتے ہیں۔ خم ٹھونکتے ہیں اور لپٹ جاتے ہیں، جہاں ہاتھ نہیں چلتا وہاں زبان چلتی ہے۔ یعنی چیختے ہیں، چلاتے ہیں، شور مچاتے ہیں۔ اپنی جوانی کے زمانے میں وگلہ والی پلٹن کی کمیدانی کو یاد کرتے ہیں۔ افسوس کے لہجے میں کہتے ہیں کہ نہ ہوئی قرولی ورنہ پیٹ میں بھونک دیتا۔ قرولی بڑے شکاری چاقو کو کہتے ہیں۔ افسوس کہ میاں خوجی کو عمر بھر قرولی میسر نہ آئی۔

میاں خوجی کو صرف اپنی طاقت پر ناز نہیں اپنی طرح داری پر بھی گھمنڈ ہے۔ ہر موقع پر اپنی شکل صورت، اپنے کاٹھ قد کی تعریف کا کوئی نہ کوئی پہلو ضرور نکال لیتے ہیں۔ لیکن اسے کیا کیا جائے کہ لوگ نہ ان کی طرح داری کے قائل نہ پہلوانی کے۔ جہاں انہوں نے یہ ذکر چھیڑا، لوگوں نے ہنسنا شروع کر دیا۔ اب خوجی اچھلتے ہیں، کودتے ہیں، ڈراتے ہیں، دھمکاتے ہیں، قرولی کو یاد کرتے ہیں۔ لیکن لوگ ہیں کہ ہنستے ہی چلے جا رہے ہیں۔

خوجی کی ابتدائی زندگی کا حال ہمیں معلوم نہیں۔ ہم نے جب انہیں پہلی دفعہ دیکھا، ان کا بڑھاپا تھا اور لکھنؤ کے ایک خاندانی رئیس کے ہاں ملازم تھے اور نواب بڑے بھولے بھالے تھے۔ مصاحب سب کے سب گرگے، نت نئی تدبیروں سے نواب کو لوٹتے تھے۔ خوجی بھی ان کی ہاں میں ہاں ملاتے تھے اور لوٹ کے مال میں سے کچھ حصہ انہیں بھی مل جاتا تھا۔ اتنے میں نواب کے یہاں ایک نئے مصاحب

آئے، نام محمد آزاد، لکھنؤ ہی کے رہنے والے تھے۔ عالم، فاضل، شاعر۔ انگریزی، فارسی، عربی کے ماہر، پہلوان لکڑی، بانک، ٹپہ اور شمشیر زنی میں طاق۔

نواب کو بٹیر بازی کا شوق تھا۔ اس شوق پر ہزاروں روپے خرچ ہوتے تھے۔ خاص طور پر ایک بٹیر بہت پیارا تھا اور اس کا نام انہوں نے صف شکن رکھا تھا۔ آزاد کو دل لگی جو سوجھی تو صف شکن کو اڑالیا۔ اب مصاحبوں نے بھولے نواب کو بہلانا شروع کیا۔ ایک نے کہا صف شکن بٹیر نہیں تھا ولی تھا۔ دوسرا بولا میں نے اسے نماز پڑھتے دیکھا ہے۔ تیسرے نے کہا کہ صف شکن روٹھ کے چلے گئے ہیں میاں آزاد سے۔ کہیے انہیں منا کے لائیں۔ غرض آزاد صف شکن شاہ کو منانے کے لئے بھیجے گئے۔ بیچ میں کئی پیچ ہوئے اور میاں خوجی نواب کو چھوڑ کے آزاد کے رفیق بن گئے۔

اب آزاد کی نسبت ایک تعلیم یافتہ لڑکی حسن آرا سے ٹھہری۔ ان دنوں ترکی اور روس میں جنگ میں چھڑی ہوئی تھی۔ بیاہ کی شرط یہ تھی کہ میاں آزاد ترکوں کی فوج میں بھرتی ہو کے لڑیں۔ جنگ کے بعد ان کا بیاہ حسن آرا سے رچایا جائے گا۔ آزاد ترکی گئے۔ جنگ میں شریک ہوئے، تمغے لٹکا کر واپس آئے اور حسن آرا سے شادی ہوگئی۔ خوجی اس سفر میں بھی آزاد کے ساتھ تھے۔ وہ تلواریں مارتے تھے کہ یہ ایک کونے میں بیٹھ کر افیون پیتے تھے اور کوئی آفت پڑتی تو لانا میری قرولی کا شور مچاتے تھے۔

میں نے خوجی کا مختصر حال بتا دیا ہے۔ اسے سن کر شاید آپ میں سے کسی

صاحب کو خیال ہو کہ خوجی ایسے دلچسپ آدمی سے ضرور ملنا چاہئے اور کیا عجب کہ آپ میں کوئی صاحب یہ بھی پوچھ بیٹھیں کہ خوجی زندہ ہے یا مر گیا، اور زندہ ہے تو اس سے کہاں ملاقات ہو سکتی ہے؟ خوجی زندہ تو ضرور ہے اور ابھی بہت مدت تک زندہ رہے گا۔

لیکن یہ نہ سمجھئے کہ لکھنؤ یا دلّی کے کسی گلی کوچے، افیونیوں کی کسی مجلس یا امیروں کی کسی محفل میں اس سے ملاقات ہو سکتی ہے۔ اس سے ملنے کے لئے آپ کو فسانہ آزاد کے ورق الٹنے پڑیں گے۔

فسانہ آزاد پنڈت رتن ناتھ سرشار کی تصنیف ہے۔ سرشار لکھنؤ کے رہنے والے تھے اور یہ کتاب جو بڑی بڑی چار جلدوں میں ہے، انہوں نے آج سے کوئی ساٹھ برس پہلے لکھی تھی۔ ان دنوں پرانے زمانے کے امیروں کے دربار قائم تھے۔ بٹیر بازی اور پتنگ بازی زوروں پر تھی۔ رئیسوں کو خوشامدی مصاحبوں نے گھیر رکھا تھا۔ سرشار کی اس کتاب میں اس زمانے کی صحیح زندگی کے نقشے ملتے ہیں۔

خوجی کی قسم کے مسخرے سرشار کی نظر سے ضرور گزرتے ہوں گے۔ لیکن خوجی کا پتلا خود سرشار نے تراشا ہے اور اس میں اس طرح روح پھونک دی ہے کہ وہ سچ مچ کا چلتا پھرتا، جیتا جاگتا، گوشت پوست کا بنا ہوا انسان معلوم ہوتا ہے۔ خوجی کے حالات پڑھتے وقت ہمیں لمحہ بھر کے لیے بھی یہ خیال نہیں گزرتا کہ وہ صرف کہانی کا مسخرہ اور پنڈت رتن ناتھ سرشار کی گڑھنت ہے۔ بلکہ ایسا معلوم ہوتا ہے کہ

ہم نے اسے بارہا گلی کوچوں میں چلتے پھرتے دیکھا ہے۔ قہقہے لگاتے، ہنستے ہنساتے لوگوں سے پٹتے دیکھا ہے اور لانا میری قرولی کے نعرے لگاتے سنا ہے اور سچ پوچھیے تو یہ کمال ہے کہ کوئی قصہ نویس ایسا جیتا جاگتا کاغذی پتلا بنا کے کھڑا کر دے کہ جس پر سچ مچ کے انسان کا گمان ہو۔

اس سے یہ نہ سمجھئے کہ جو لوگ کہانیاں لکھتے ہیں وہ ایسے ان جانے ان بوجھے انسانوں کی خیالی تصویریں کھینچ دیتے ہیں، جنہیں نہ کسی نے دیکھا نہ سنا، قصہ نویس اور مصور جو نقشے کھینچتے ہیں وہ خود ان کے تجربے اور مشاہدے کا نتیجہ ہوتے ہیں۔ وہ کہیں سے ایک چیز اور کہیں سے دوسری چیز، مگر جب انہیں جوڑتے ہیں تو ایسی تصویر کھنچ جاتی ہے کہ جس پر اصل کا شائبہ ہوتا ہے لیکن انسان کے تجربہ کے خزانے میں جو کچھ ہے، اس سے صحیح کام لینا بھی بڑا ٹیڑھا کام ہے۔ ذرا چوک گئے اور تصویر بے جوڑ نظر آنے لگی۔ مثلاً فسانہ آزاد میں بہت سی تصویریں نظر آتی ہیں۔ جن میں بعض بالکل بے ڈھنگی ہیں۔ دور کیوں جائیں آزاد ہی کو لیجئے جس کے نام پر اس کتاب کا نام رکھا گیا ہے۔

آزاد ایسا انسان ہے جس میں دنیا بھر کی خوبیاں موجود ہیں۔ جو جو فن اسے آتے ہیں اسے سو برس میں بھی کوئی شخص نہیں سیکھ سکتا۔ پھر بھی وہ ابھی نوجوان ہے۔ دوسری طرف خوجی ہے جس میں خامیاں بھی ہیں اور خوبیاں بھی اور در اصل اپنی خامیوں کے باعث ہی وہ سچ مچ کا انسان معلوم ہوتا ہے۔ تصویر میں آزاد اور

خوجی دونوں ساتھ ساتھ کھڑے ہیں۔ خوجی کے خد و خال ابھرے ابھرے نظر آتے ہیں، آزاد کے چہرے کے نقش مدھم، پھیکے پھیکے بلکہ یوں کہنا چاہئے کہ خوجی کے مقابلے میں ایک پرچھائیں سی بن کے رہ گیا ہے۔

آزاد قریب قریب مر چکا ہے اور اس میں تھوڑا بہت سانس باقی ہے تو صرف خوجی کی وجہ سے لیکن خوجی زندہ ہے۔ چنانچہ جن لوگوں نے فسانہ آزاد پڑھا ہے وہ لوگوں کی شکل و صورت میں خوجی کو ڈھونڈتے ہیں اور کسی شخص کی شکل، وضع، چال ڈھال یا خیالات میں خوجی کی سی کوئی بات نظر آتی ہے تو وہ فوراً اسے خوجی کہہ دیتے ہیں۔ خوجی کے زندہ ہونے کا اس سے بڑا ثبوت کیا ہوگا کہ میں یہ سطریں لکھ رہا ہوں اور رہ رہ کے خیال آرہا ہے کہ کہیں خوجی کی نظر سے یہ مضمون گزرا تو لانا میری قرولی کہتے ہوئے ہمارے دفتر میں نہ گھس پڑیں۔

***

منتخب ترش و تیکھے مزاحیہ مضامین کا ایک اور مجموعہ

# دوست رہنما فلسفی

مصنف : کنہیا لال کپور

بین الاقوامی ایڈیشن منظر عام پر آچکا ہے